Un homme donneur !

JENFEVRE, SULPICE & CAZENOVE

Couleurs : David LUNVEN

BAMBOO ÉDITION

Un merci tout particulier à Geneviève de Fontenay pour sa gentillesse et son humour…et qu'elle n'oublie pas de faire la bise aux miss de notre part.

Bises au colonel Philippe Guichard.

Les auteurs

C'EST PAS BEAU À VOIR !
HMM... MOI, JE TROUVE ÇA PLUTÔT PAS MAL...
UNE BALLE EN PLEIN BUFFET ! AU MOINS, IL N'A PAS SOUFFERT...
JE L'AI TROUVÉ COMME ÇA CE MATIN EN VENANT FAIRE LE MÉNAGE !
QUELQU'UN L'A FAIT POUR DE BON AVANT VOUS ! VOYONS CE QU'ON PEUT TROUVER...
ON NE TOUCHE À RIEN !
AGENTS GROSSOME ET GIMBRASS, POLICE SCIENTIFIQUE...
NOUS PRENONS L'AFFAIRE EN MAIN...
GIMBRASS, DÉLIMITEZ UN PÉRIMÈTRE DE SÉCURITÉ ! ÇA ÉVITERA QUE D'AUTRES INDICES SOIENT PIÉTINÉS !
VIENS, J.P. ! ON VA INTERROGER LA FEMME DE MÉNAGE ! SINON JE RISQUE D'ÊTRE TENTÉ DE PIÉTINER AUTRE CHOSE QUE DES INDICES !
JE VOUDRAIS QUE VOUS REFASSIEZ EXACTEMENT LES MÊMES GESTES QUE CEUX QUE VOUS AVEZ FAITS CE MATIN EN ENTRANT !
C'EST PAS BIEN COMPLIQUÉ...
JE DONNE UN TOUR DE CLÉ ET JE TOURNE LA POIGN...
ARRÊTEZ !

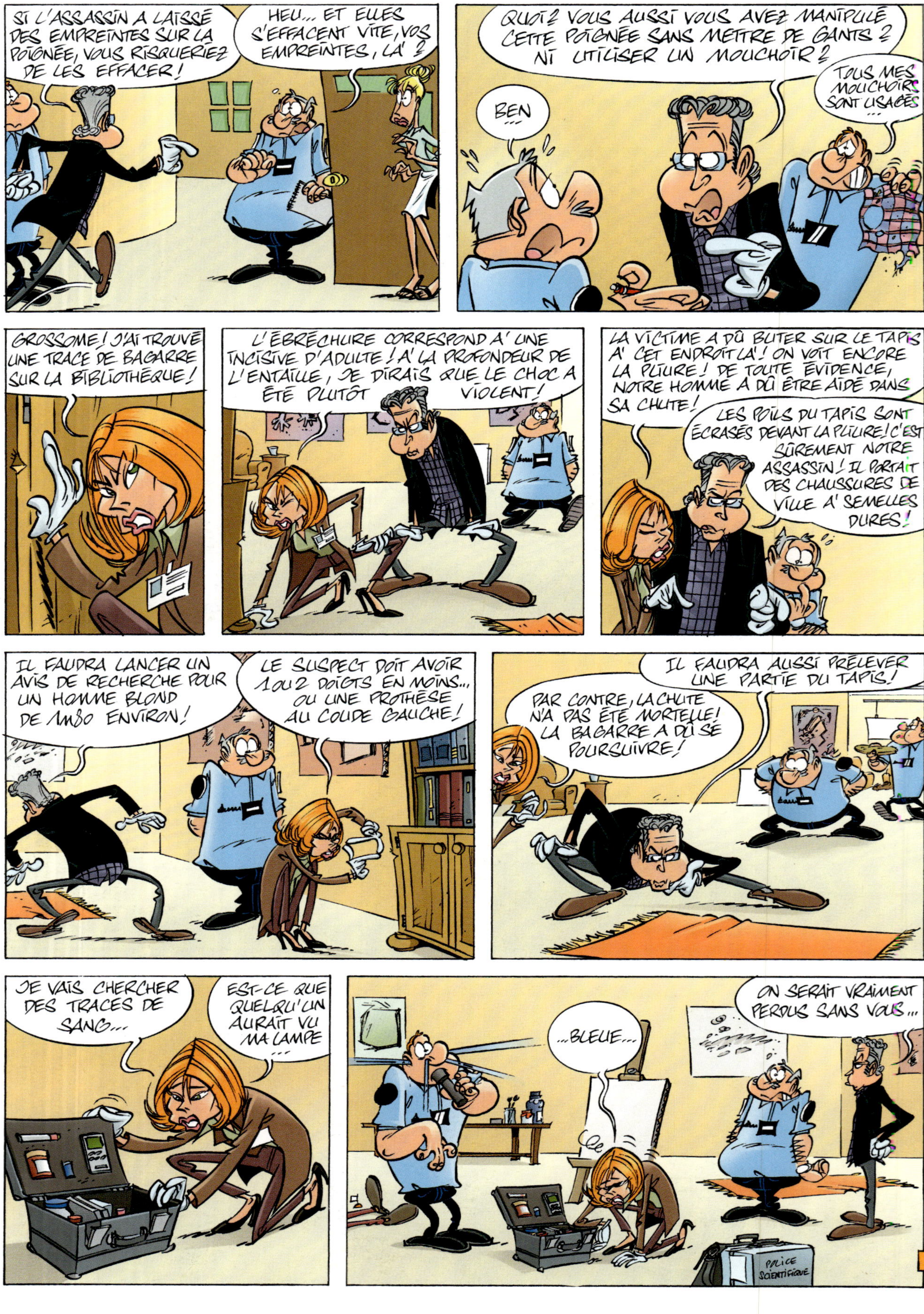

SI L'ASSASSIN A LAISSÉ DES EMPREINTES SUR LA POIGNÉE, VOUS RISQUERIEZ DE LES EFFACER !
HEU... ET ELLES S'EFFACENT VITE, VOS EMPREINTES, LÀ ?
QUOI ? VOUS AUSSI VOUS AVEZ MANIPULÉ CETTE POIGNÉE SANS METTRE DE GANTS ? NI UTILISER UN MOUCHOIR ?
BEN ...
TOUS MES MOUCHOIRS SONT USAGÉS ...
GROSSOME ! J'AI TROUVÉ UNE TRACE DE BAGARRE SUR LA BIBLIOTHÈQUE !
L'ÉBRÉCHURE CORRESPOND À UNE INCISIVE D'ADULTE ! À LA PROFONDEUR DE L'ENTAILLE, JE DIRAIS QUE LE CHOC A ÉTÉ PLUTÔT VIOLENT !
LA VICTIME A DÛ BUTER SUR LE TAPIS À CET ENDROIT LÀ ! ON VOIT ENCORE LA PLIURE ! DE TOUTE ÉVIDENCE, NOTRE HOMME A DÛ ÊTRE AIDÉ DANS SA CHUTE !
LES POILS DU TAPIS SONT ÉCRASÉS DEVANT LA PLIURE ! C'EST SÛREMENT NOTRE ASSASSIN ! IL PORTAIT DES CHAUSSURES DE VILLE À SEMELLES DURES !
IL FAUDRA LANCER UN AVIS DE RECHERCHE POUR UN HOMME BLOND DE 1M80 ENVIRON !
LE SUSPECT DOIT AVOIR 1 OU 2 DOIGTS EN MOINS... OU UNE PROTHÈSE AU COUDE GAUCHE !
IL FAUDRA AUSSI PRÉLEVER UNE PARTIE DU TAPIS !
PAR CONTRE, LA CHUTE N'A PAS ÉTÉ MORTELLE ! LA BAGARRE A DÛ SE POURSUIVRE !
JE VAIS CHERCHER DES TRACES DE SANG...
EST-CE QUE QUELQU'UN AURAIT VU MA LAMPE ...
...BLEUE...
ON SERAIT VRAIMENT PERDUS SANS VOUS...
POLICE SCIENTIFIQUE

GIMBRASS, ON RÉUNIT TOUS LES INDICES POUR LES ENVOYER AU LABO...
SI J'AVAIS SU, J'AURAIS PRIS MON APPAREIL PHOTO!
CLIC CLIC
CELUI QUI A COMMIS CE MEURTRE EST UN VRAI AMATEUR! IL Y A PLUS D'EMPREINTES LÀ-DESSUS QUE SUR LE BOUT DE MES DOIGTS!
TOMBERA-T-ON UN JOUR SUR QUELQU'UN À NOTRE HAUTEUR ?
C'EST LE TOP DES ORDINATEURS PORTABLES! LES ÉCHANTILLONS SONT AUSSITÔT SCANNÉS ET ENVOYÉS AU LABO!
QUAND JE PENSE AU MAL QUE J'AI EU POUR OBTENIR UNE NOUVELLE IMPRIMANTE!
ATCHAAA
POLICE SCIENTIFIQUE
ET VOUS AUREZ LES RÉSULTATS DANS COMBIEN DE JOURS ?
5 MINUTES... C'EST PAS AUSSI RAPIDE QUE DANS CERTAINS PAYS MAIS ON S'ADAPTE...
MOI, JE SUIS BLUFFÉ! T'AS VU AVEC QUELLE CLASSE ILS ONT MENÉ CETTE ENQUÊTE ? ON A BEAUCOUP À APPRENDRE DE PROS DE CETTE ENVERGURE...
VOUS AURIEZ PAS UN AUTRE MOUCHOIR CHEF ?
ÇA Y EST, LE LABO NOUS ENVOIE SES CONCLUSIONS...
VU LA QUANTITÉ D'INDICES LAISSÉS PAR LE MEURTRIER, L'ENQUÊTE DEVRAIT ÊTRE RAPIDEMENT BOUCLÉE!
ET VOTRE MACHINE LÀ, ELLE VA DRESSER LE PORTRAIT-ROBOT DU SUSPECT ?
MIEUX QUE ÇA! SA PHOTO EST EN TRAIN DE S'IMPRIMER!...
JE VEUX VOIR!
GRRT GRRT GRRT
HÉ!... C'EST MOI!!
IL A BOUGÉ, VOTRE ENGIN!
PAS LA PEINE DE VOUS LIRE VOS DROITS, VOUS DEVEZ LES CONNAÎTRE!
CH... CHEF! JE VOUS JURE QUE...
LE LABO EST FORMEL! LES TRACES DE CONFITURE, RILLETTES, LES DIVERSES EMPREINTES ET AUTRES EXCRÉMENTS NASALS NE LAISSENT AUCUN DOUTE SUR LA CULPABILITÉ DE VOTRE HOMME!

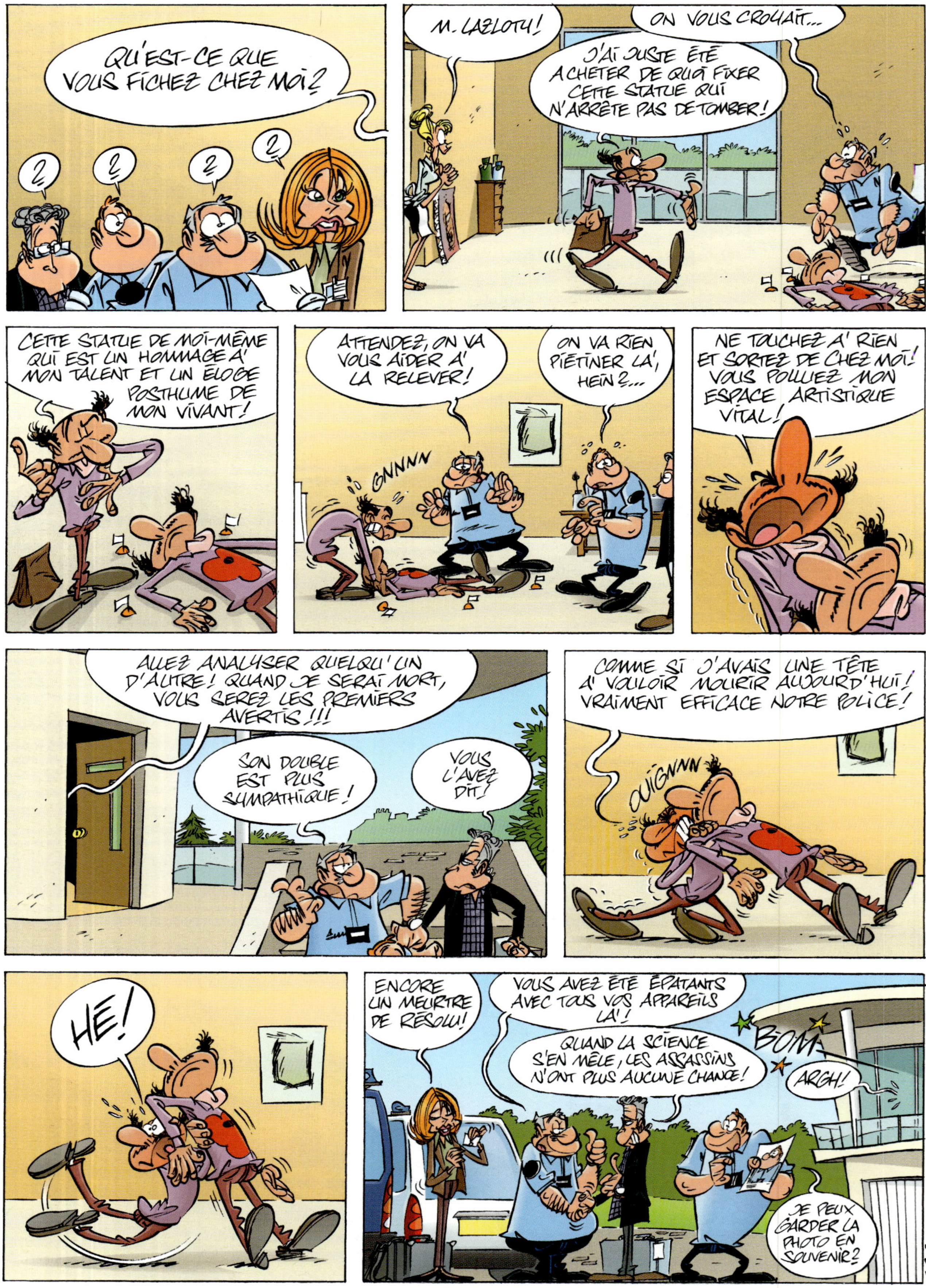
QU'EST-CE QUE VOUS FICHEZ CHEZ MOI ?
?
?
?
?
M. LAZLOTH !
ON VOUS CROYAIT...
J'AI JUSTE ÉTÉ ACHETER DE QUOI FIXER CETTE STATUE QUI N'ARRÊTE PAS DE TOMBER !
CETTE STATUE DE MOI-MÊME QUI EST UN HOMMAGE À MON TALENT ET UN ÉLOGE POSTHUME DE MON VIVANT !
ATTENDEZ, ON VA VOUS AIDER À LA RELEVER !
ON VA RIEN PIÉTINER LÀ, HEIN ?...
GNNNN
NE TOUCHEZ À RIEN ET SORTEZ DE CHEZ MOI ! VOUS POLLUEZ MON ESPACE ARTISTIQUE VITAL !
ALLEZ ANALYSER QUELQU'UN D'AUTRE ! QUAND JE SERAI MORT, VOUS SEREZ LES PREMIERS AVERTIS !!!
SON DOUBLE EST PLUS SYMPATHIQUE !
VOUS L'AVEZ DIT !
COMME SI J'AVAIS UNE TÊTE À VOULOIR MOURIR AUJOURD'HUI ! VRAIMENT EFFICACE NOTRE POLICE !
OUIGNNN
HE !
ENCORE UN MEURTRE DE RÉSOLU !
VOUS AVEZ ÉTÉ ÉPATANTS AVEC TOUS VOS APPAREILS LÀ !
QUAND LA SCIENCE S'EN MÊLE, LES ASSASSINS N'ONT PLUS AUCUNE CHANCE !
BOM
ARGH !
JE PEUX GARDER LA PHOTO EN SOUVENIR ?

- *Surveillance reprochée*

- À la limite...

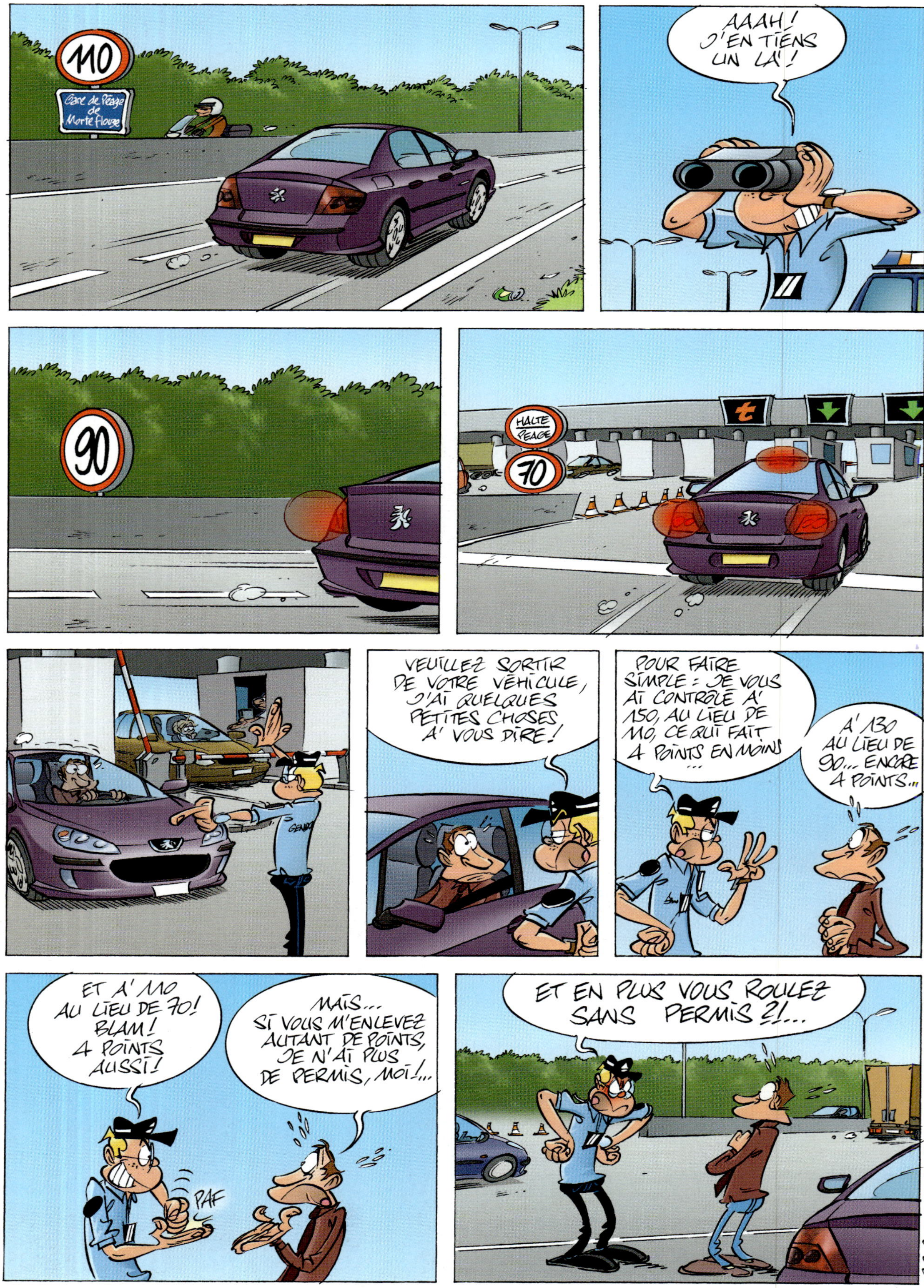
110
Gare de Péage de Morte Flouze
AAAH ! J'EN TIENS UN LÀ !
90
HALTE PÉAGE
70
VEUILLEZ SORTIR DE VOTRE VÉHICULE, J'AI QUELQUES PETITES CHOSES À VOUS DIRE !
POUR FAIRE SIMPLE : JE VOUS AI CONTRÔLÉ À 150, AU LIEU DE 110, CE QUI FAIT 4 POINTS EN MOINS...
À 130 AU LIEU DE 90... ENCORE 4 POINTS...
ET À 110 AU LIEU DE 70 ! BLAM ! 4 POINTS AUSSI !
PAF
MAIS... SI VOUS M'ENLEVEZ AUTANT DE POINTS, JE N'AI PLUS DE PERMIS, MOI !...
ET EN PLUS VOUS ROULEZ SANS PERMIS ?!...

- Petit souvenir

- Vol de nuit

ELECTRO SHOP
FLASH
VOUS CROYEZ QU'ILS NOUS ONT REPÉRÉS ?...
TAIS-TOIIIIII...
HEU... JE CROIS QUE C'EST MOI, CHEF...
QUI A EMBARQUÉ LE RADAR AUTOMATIQUE DANS LA VOITURE DE PLANQUE ?...

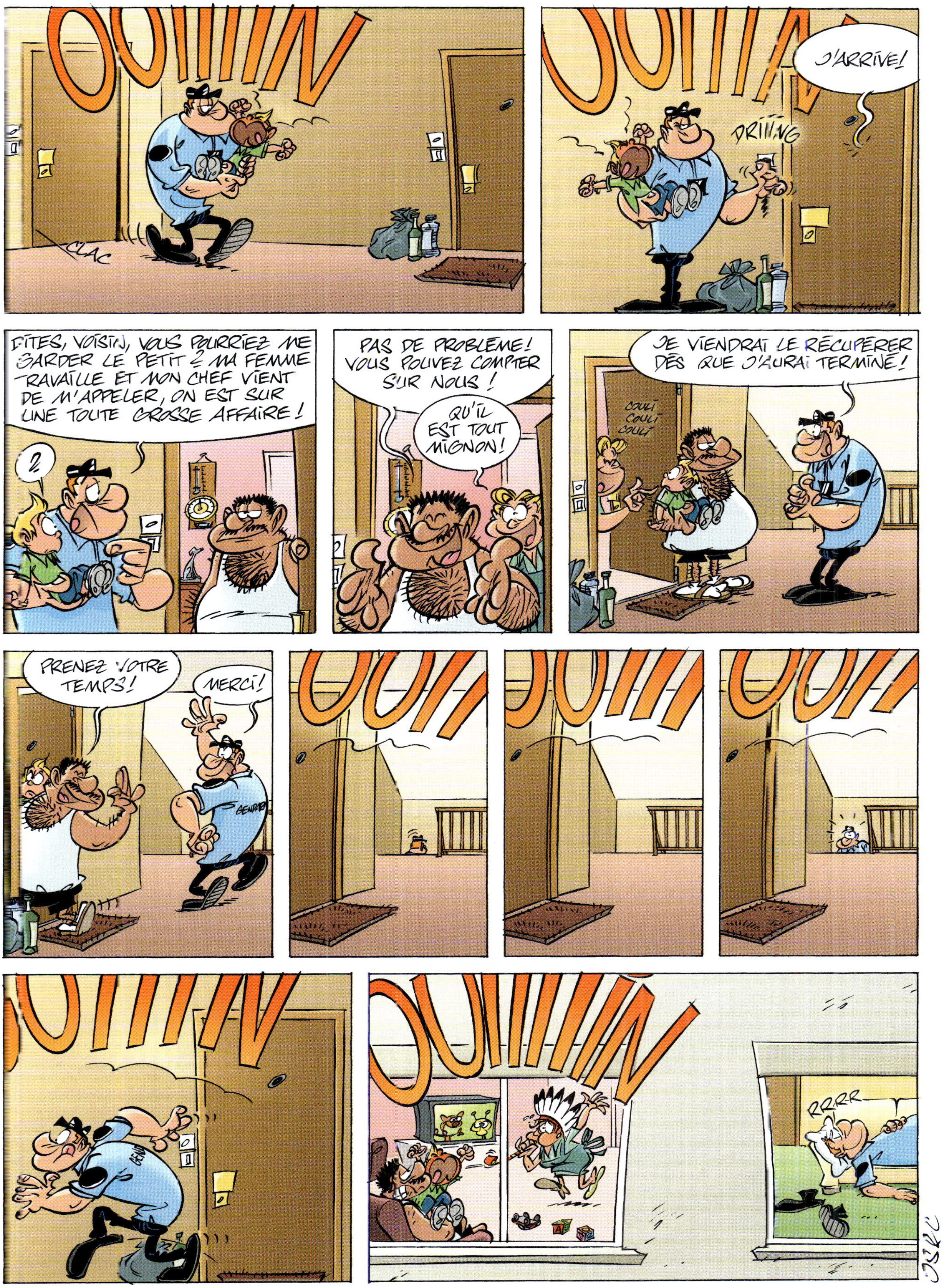
OUIIIN
CLAC
OUIIIN
J'ARRIVE !
DRIIING
DITES, VOISIN, VOUS POURRIEZ ME GARDER LE PETIT ? MA FEMME TRAVAILLE ET MON CHEF VIENT DE M'APPELER, ON EST SUR UNE TOUTE GROSSE AFFAIRE !
?
PAS DE PROBLÈME ! VOUS POUVEZ COMPTER SUR NOUS !
QU'IL EST TOUT MIGNON !
JE VIENDRAI LE RÉCUPÉRER DÈS QUE J'AURAI TERMINÉ !
COULI COULI COULI
PRENEZ VOTRE TEMPS !
MERCI !
OUIIIN
RRRR

- Artiste pain... tre

HEU... ÉCOUTEZ, JE...
CROUIT CROUIT CROUIT
OUIIIN
AH BRAVO! VOUS ME L'AVEZ RÉVEILLÉ!
3 HEURES QU'ON AVAIT MIS POUR L'ENDORMIR!!!
T'AS VOULU FAIRE LE MALIN, C'EST ÇA ?!!

TU CROIS QU'IL EST MORT ?
SI C'EST LE CAS, Y A PLUS QU'À METTRE LA CROIX... C'EST PRATIQUE !
EXTREM' IDÉES
L'ÉLASTIQUE ÉTAIT PEUT-ÊTRE UN CHOUÏA TROP LONG...

UNE FOIS DE PLUS, CETTE BRIGADE A ÉTÉ SÉLECTIONNÉE POUR TESTER UN SYSTÈME RÉVOLUTIONNAIRE, VÉRITABLE PIÈGE À INFRACTIONS CRÉÉ PAR NOS SERVICES !
CETTE MINI CAMÉRA, PRODIGE DE LA MINIATURISATION, EST À PEINE PLUS GROSSE QU'UN ONGLE !
FIXÉE À LA BOUTONNIÈRE DE L'AGENT, ELLE PERMET DE FILMER EN CONTINU AU COEUR MÊME DE LA CIRCULATION !
LA CONDUITE EN MOTO PERMET UNE MANIABILITÉ OPTIMALE ET, SURTOUT, UNE DISCRÉTION ABSOLUE PARMI LES AUTRES VÉHICULES !
TOUTES LES IMAGES SONT RETRANSMISES EN TEMPS RÉEL SUR UN PC DE LA BRIGADE OU UN PORTABLE EMBARQUÉ DANS UNE VOITURE NON BANALISÉE, PERMETTANT L'APPRÉHENSION IMMÉDIATE DU CONTREVENANT !
VROTOOOO
PAF
JE CROIS QUE TOUT EST DIT ! À VOUS DE JOUER !
POT POT
WIIII
D'UN AUTRE CÔTÉ, C'EST LE SEUL DANS LA BRIGADE À AVOIR LE PERMIS MOTO !
ON POURRAIT Y METTRE DES PETITES ROUES !...
OBRC

Nanou
TU NOUS REÇOIS, J.P.? NOUS, ON CAPTE NICKEL LES IMAGES DE TA CAMÉRA EMBARQUÉE!
OUAIS! ON A L'IMPRESSION DE ROULER AVEC TOI!
PRENDS PAR LE BOULEVARD CHASSANIOL, C'EST EN PLEINS TRAVAUX... ÇA MOTIVE LES INFRACTIONS!...
ET APRÈS, TU RATTRAPES L'AVENUE CARDOSO! ELLE EST À BLOC DE PRIORITÉS À DROITE!
J'M' ÉCLATE! JE VAIS ALLER FAIRE UN TOUR DANS LES PETITES RUES DU CENTRE-VILLE...
NON, C'EST BON, RENTRE... ON A FAIT ASSEZ LE TOUR AUJOURD'HUI...
DÉJÀ?
MUSCU
DITES, LES COPAINS, JE SAIS PAS SI VOUS AVEZ REMARQUÉ...
...MAIS, J'AI L'IMPRESSION QUE JE ROULE DE PLUS EN PLUS DROIT, MOI! VOUS TROUVEZ PAS?
BLORB!... SI TU LE DIS...

- Caméra cachée

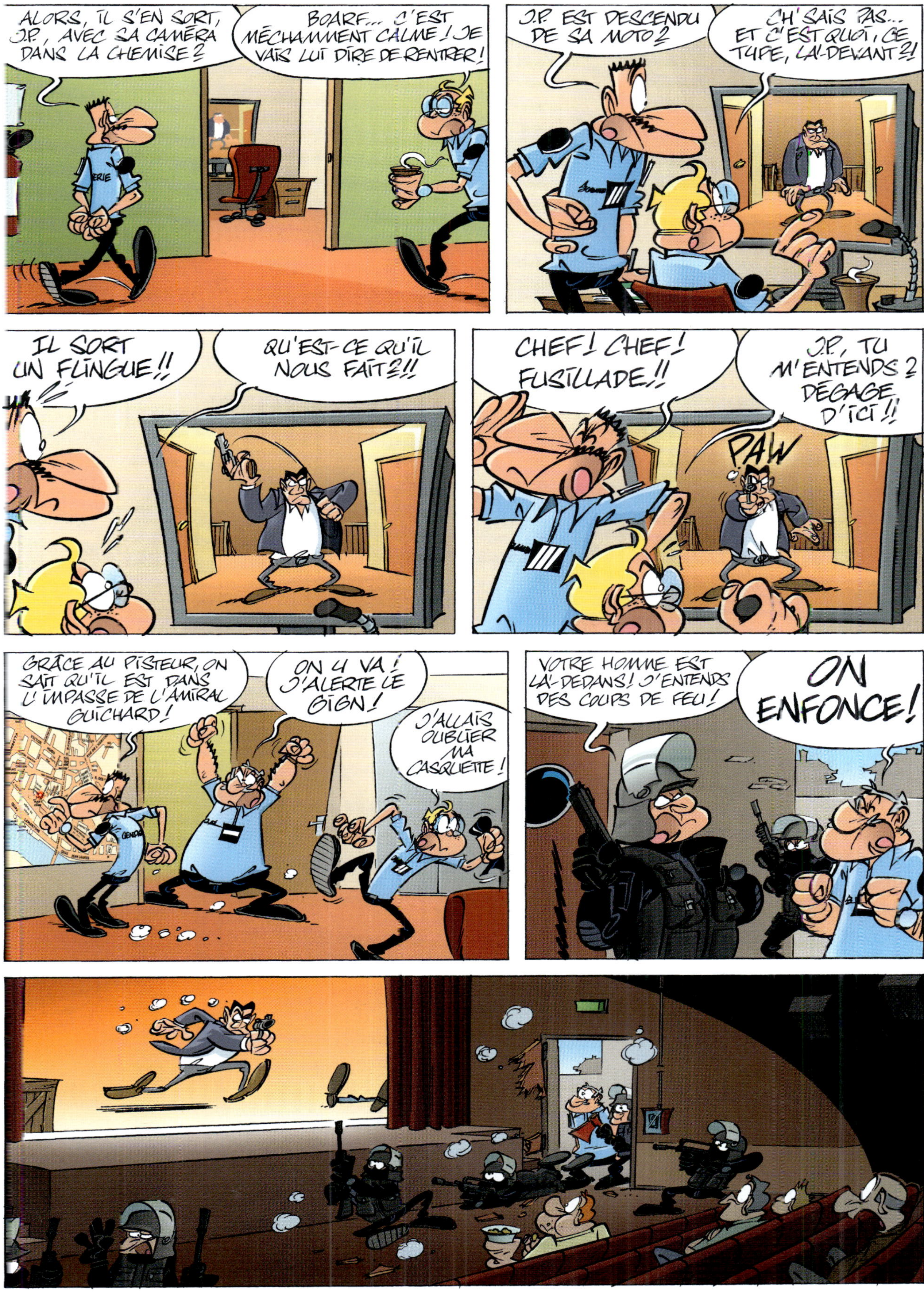

- Lunette... nette

CHUUUUT! Y EN A UNE QUI ARRIVE ...
VROOOOO
LOUPÉE!
HÉ! J'EN VOIS UNE AUTRE!
WOOOOO
FLASH!
ON L'A EUE!
OUAIIIIIIIIIS
VOUS COMPRENEZ L'UTILITÉ DE CET APPAREIL! DANS 48 H, LE CONTREVENANT QUI VIENT DE SE FAIRE FLASHER À ENVIRON 180 KM/H ALORS QUE C'EST LIMITÉ À 90 RECEVRA CHEZ LUI SA CONTRAVENTION!
COOL!
90
P'PA! M'MAN! C'ÉTAIT GÉNIAL AUJOURD'HUI AVEC LES GENDARMES!...
ON A FLASHÉ UNE VOITURE, À CÔTÉ DU CHÂTEAU D'EAU! PFOUUU, JE SAIS MÊME PLUS À COMBIEN ELLE ROULAIT!
MOI, JE SAIS... À 180!... TON PÈRE M'A RACONTÉ...

- Mauvais reflex

- Ça boum ?

BRÔÔÔÔÔ
BLOZ DÉPANNAGE 24H/24
GENDARMERIE
BLOZ DÉPANNAGE 24H/24
RRRRR
DVVVVV
BRÔÔÔÔÔÔ
BOM
POUR LA VOITURE PIÉGÉE, JE T'AI DIT D'APPELER LE DÉMINEUR ! PAS LE DÉPANNEUR !!

- Délestage

C'EST QUOI ÇA ?
PIZZA PRESTO
BAR
J'AI INSTALLÉ UN MINI FOUR À MICRO-ONDES... SI JAMAIS ON A UN PETIT CREUX...
!
BURO COPY
ET CE TRUC, LÀ, SOUS MON SIÈGE ?
EH BEN, COMME MANGER ÇA DONNE SOIF, J'AI AUSSI AJOUTÉ UN MINI FRIGO !
ET CETTE ANTENNE ?
BAH, ILS M'ONT FAIT UN PRIX POUR UN ÉCRAN 16/9... POUR LES SOIRS OÙ ON FAIT DES PLANQUES...
LA DEUCHE ! FAIS GAFFE !
CELLE-LÀ, ELLE EST CUITE !
ACCÉLÈRE !
JE SUIS À FOND ! JE CROIS QU'ON EST TROP LOURDS !...
ON GAGNE DE LA VITESSE ! JE VAIS AUSSI BALANCER LE FRIGO !
NON ! PAS LE FRIGO !
GENDARMERIE

- Pleurez vous êtes flashés...

C'EST PAS NORMAL ! VOUS FOUTEZ UN RADAR EN PLEIN MILIEU D'UNE GRANDE DESCENTE ! EN PLUS, ON VOIT QUE LUI ! ON EST OBLIGÉ DE PILER !

- Fouille au car

- Baby... boum

ET VOUS VOULEZ ME FAIRE CROIRE QUE C'EST BIEN VOUS SUR LA PHOTO ?
BAR
CROK CROK CROK
CHUT !
POUR MOI, Y A QUE 2 COULEURS SUR LE FEU : LE ROUGE ET LE VERT ! ET L'ORANGE, C'EST DU ROUGE AUSSI !
Boutique
TU VOUDRAIS ME FAIRE CROIRE QUE C'EST PAS FAIT EXPRÈS ?!...
J'AI REMARQUÉ, MOI, TON MANÈGE AVEC LA BLONDINETTE ! AH ÇA, TU AIMES PATROUILLER AVEC ELLE, PAS VRAI ? TU TE RINCES L'ŒIL AVEC TA MISS PROCÈS-VERBAL !
PAS DU TOUT ! MÊME QUE C'EST LE CHEF QUI FAIT LES ÉQUIPES ! C'EST PAS MOI ...
LETEIGNEUX, VOUS NE DEVINEREZ JAMAIS CE QUE MIRETTE VIENT DE NOUS APPRENDRE !...
?
?
ELLE EST ENCEINTE !
ORDURE ! OBSÉDÉ !
MAIS PUISQUE JE TE DIS QUE C'EST LUI LE PÈRE DE SON ENFANT !

- **Arrêt sur image ?**

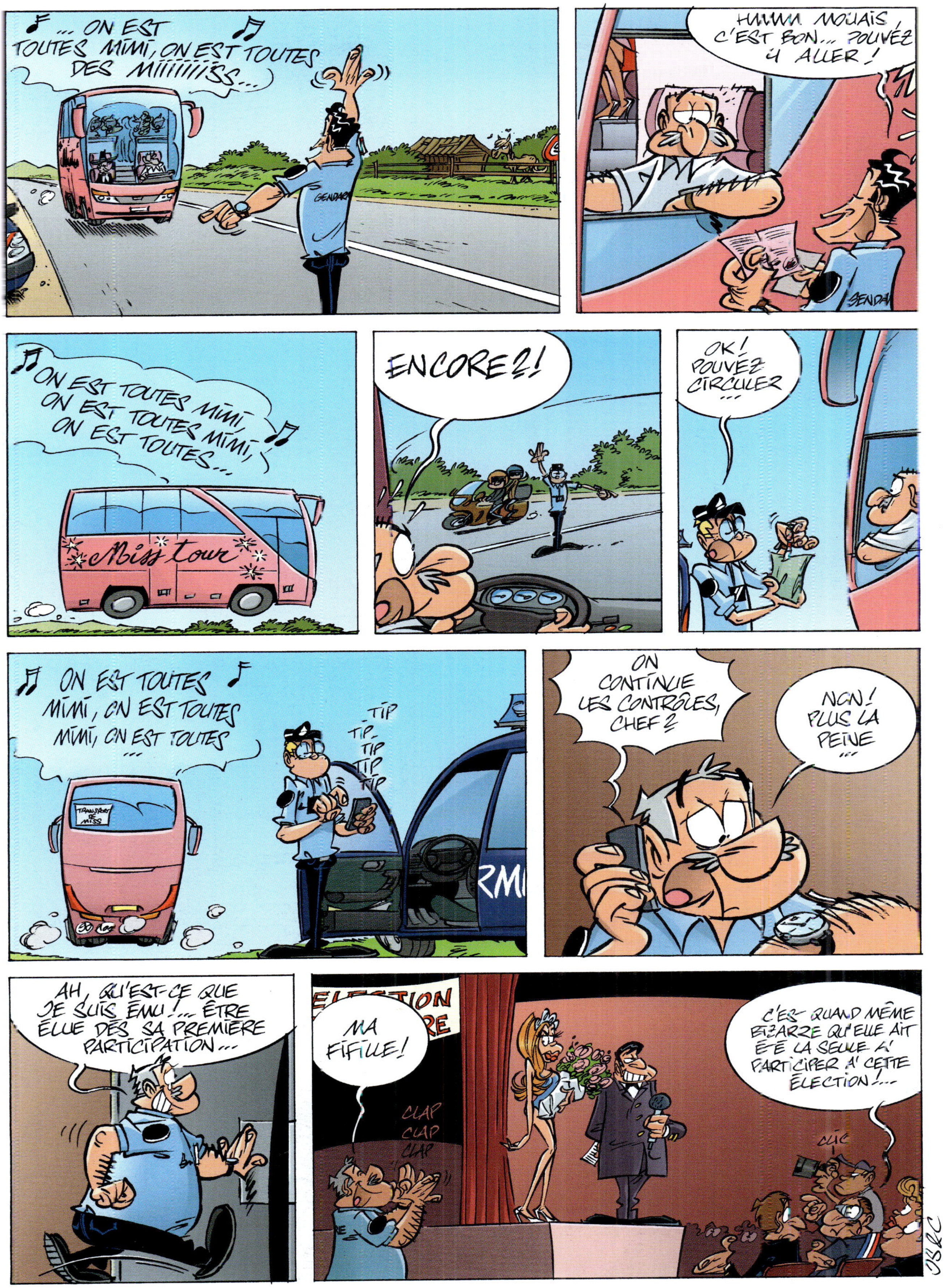

- À vue d'œil

AAH! ÇA COMMENCE À SE VOIR!
PFOUUUU! ÇA SE VOIT VRAIMENT, MAINTENANT!
RME
C'EST BIEN GONFLÉ!
RIE
Chez Olive
LÀ, ON NE PEUT PAS LE LOUPER!...
TRIBUNAL D'INSTANCE
C'EST QUE ÇA SE VOIT DE MIEUX EN MIEUX!
DIS-DONC, Y A DU VOLUME!
AAH! ÇA COMMENCE À SE VOIR!

A' QUI ELLE EST CETTE VOITURE ?
PRRRT!
ELLE EST LA' DEPUIS CE MATIN !
DARMERIE NATIONALE
ÇA SENT ENCORE LE LOUCHE CETTE HISTOIRE !
CHEF ! VOUS DEVRIEZ JETER UN OEIL LA'-DESSOUS ...
UNE BOMBE !! J'EN ÉTAIS SÛR !
C'EST INTERDIT DE SE BALADER AVEC ÇA !
A' PREMIÈRE VUE, IL N'Y A PAS DE MINUTEUR ...
ON POURRAIT ESSAYER DE L'ENLEVER !
ON NE TOUCHE A' RIEN !
ELLE DOIT ÊTRE RELIÉE AU DÉMARREUR ...
A' MON AVIS, EN COUPANT LE FIL ROUGE ...
T'ES MALADE ?! JAMAIS LE FIL ROUGE !!
LE PROBLÈME C'EST QUE ÇA PEUT NOUS PÉTER A' LA FIGURE D'UNE MINUTE A' L'AUTRE ...
JE SAIS CE QU'ON VA FAIRE ! VENEZ M'AIDER !
ENSILES
La bonne gamelle c'est chez Jean-Charles
AU PALAIS DU PC MICRO JUJU
POLICE
?

- La pêche à l'aligne

ON A UN PETIT JEU POUR VOUS... VOUS VERREZ, ÇA VA VOUS CALMER...
CROK
CRONCH
CRAK
CHIPS
UNE BALLE DANS LE BARILLET... 6 COUPS, 1 SEUL EST MORTEL... À VOUS DE JOUER !
CLIC
CHIPS
VOUS ÊTES SÛR, MONSIEUR LE MINISTRE ?
6 RADARS, 1 SEUL QUI FONCTIONNE !
J'AI APPELÉ ÇA : LE RADAR RUSSE !
VOUS VERREZ SI ÇA VA PAS LES CALMER !
CLAP CLAP

VILLAGE POPAUL DISCO TOUR
ILS VIENNENT DE GRILLER UN FEU, ET TU LES LAISSES PARTIR ?!
JE VAIS QUAND MÊME PAS LES ALIGNER, CHEF, ILS SONT AVEC UN COLLÈGUE !...

FÉLICITATIONS, MONSIEUR LE MINISTRE, VOTRE IDÉE D'INSTALLER DES FAUX RADARS EST UN VRAI SUCCÈS ! LES GENS ROULENT BEAUCOUP MOINS VITE, C'EST SÛR !
90
ATTENTION À CELUI-LÀ ! JE CROIS BIEN QUE C'EST UN VRAI !...
LEQUEL ? CELUI-CI ?
NON, C'EST UN LEURRE ! NE VOUS INQUIÉTEZ PAS, MONSIEUR LE MINISTRE, JE CONNAIS LES EMPLACEMENTS DES VRAIS !...
? ?
FLASH
C'EST TROP TARD POUR VOUS ARRÊTER MAINTENANT !
MAIS... COMMENT ÇA SE FAIT QU'IL FLASHE, CELUI-LÀ ?!!
FLASH
C'EST INCOMPRÉHENSIBLE ! REGARDEZ, IL FLASHE ENCORE !!...
VOUS VOYEZ, C'EST QUE DU CARTON ET UN PEU D'ALU !
POC POC
OUVREZ-LE !
?
JSRC

AUJOURD'HUI : LES DANGERS DE L'ALCOOL AU VOLANT !
L'alcool au vaulant
TOUT CECI EST L'ENNEMI DU CONDUCTEUR : UNE MENACE POUR LUI-MÊME, MAIS AUSSI POUR L'ENSEMBLE DES USAGERS DE LA ROUTE !
TEQUILA
GIN
Cuvée 2006
IL FAUT SAVOIR QU'AU-DELÀ DE 2 VERRES, VOTRE VISION S'EN TROUVE DIMINUÉE ! À GAUCHE, AVANT ABSORPTION...
À DROITE, APRÈS !
C'EST À L'AIDE DE CES PETITS BALLONS QUE NOUS REPÉRONS LES POIVROTS... LES CONTREVENANTS !
CERTAINS D'ENTRE VOUS COMPRENDRONT DE QUOI JE PARLE DANS QUELQUES ANNÉES !
POUR PLUS D'INFOS, VOUS POURREZ VOUS TOURNER VERS VOTRE INSTITUTRICE QUI SAURA VOUS APPORTER TOUTES LES PRÉCISIONS NÉCESSAIRES !
VOUS POUVEZ D'AILLEURS VOUS FÉLICITER D'AVOIR UNE MAÎTRESSE AUSSI CONSCIENCIEUSE, DÉVOUÉE ET PÉDAGOGUE...
P... PROMIS... Z'AI BU QUE D... DEUX VERRES... HIPS ! BAS PLUS !...
BON ANNIVERSAIRE JOZÉPHA
LA FRANCE DES VINS
Champagne
Alsace
Vallée de la Loire
Bourgogne
Jura
Bordeaux
Vallée du Rhône
Provence
Corse
ON VA POUVOIR LEUR MONTRER COMMENT ÇA MARCHE POUR L'ALCOOTEST !

- Room service

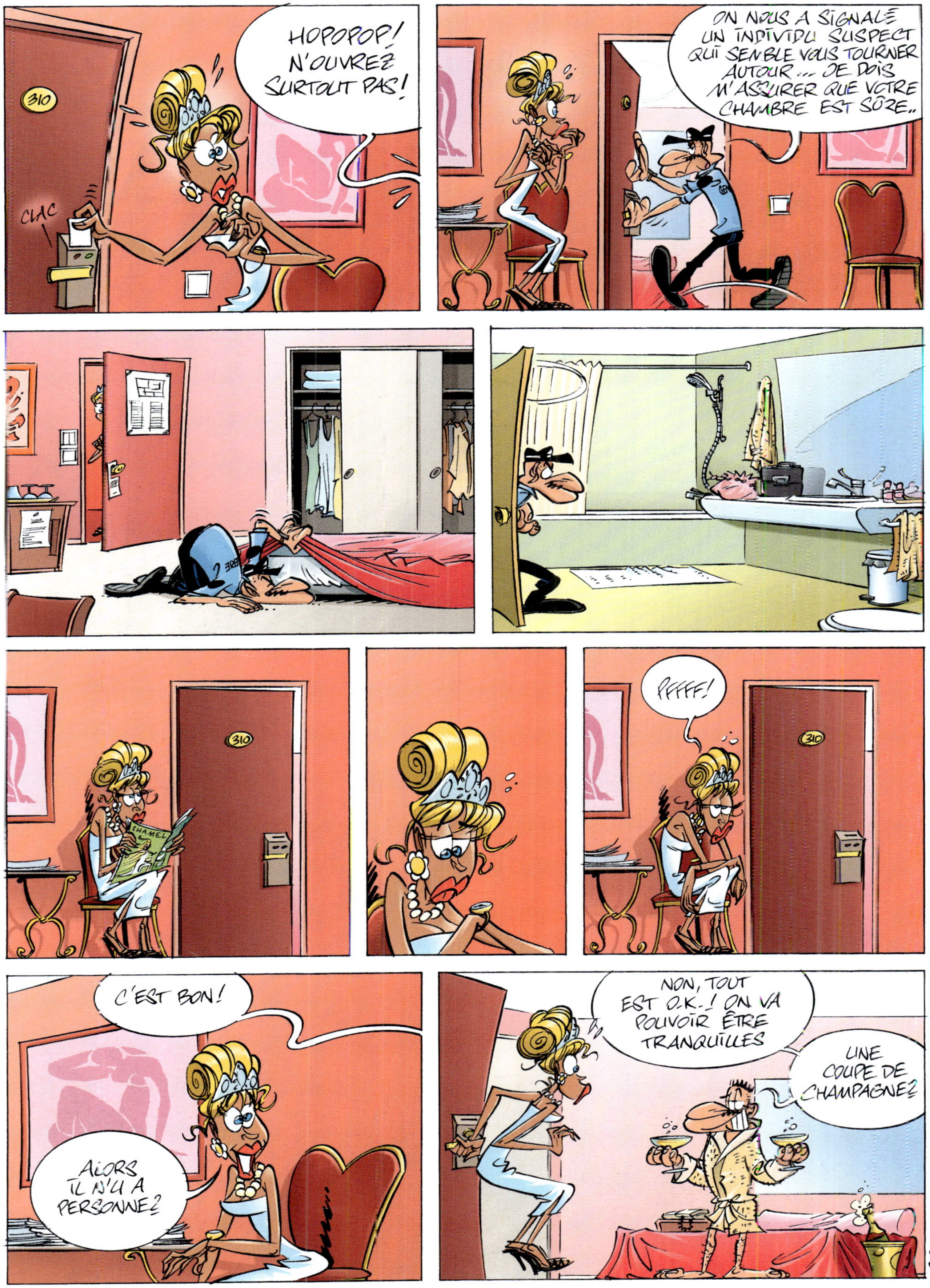

GENDARMERIE NATIONALE
COMME ÇA CAILLE, AUJOURD'HUI...
ELLES SONT PEUT-ÊTRE PLUS PRATIQUES, LES NOUVELLES TENUES, MAIS LES AUTRES ÉTAIENT PLUS CHAUDES!
J'VAIS CHOPER UNE PNEUMONIE AUX JAMBES!
TU NE METS PAS DES COLLANTS? TOUT LE MONDE EN PORTE, ICI...
TU VEUX DIRE COMME POUR LES FILLES?
C'EST CONFORTABLE ET DISCRET, ET ÇA PROTÈGE BIEN DU FROID!
OH?
BIEN SÛR! LATOUILLE! TU METS BIEN DES COLLANTS, TOI AUSSI?
ET COMMENT! T'AS VU COMME ÇA GÈLE DEHORS?!
J'Y AURAIS JAMAIS PENSÉ TOUT SEUL! J'EN METTRAI DÈS DEMAIN!
SALUT J.P.! ALORS?...
ÇA CAILLE TOUJOURS AUTANT! PAS FRANCHEMENT TERRIBLE VOTRE TRUC...
T'AS BIEN ACHETÉ TES COLLANTS?
DES COMME ÇA?
NON... C'EST PAS LE MÊME!
JE ME SUIS DIT QUE, TANT QU'À FAIRE, VALAIT MIEUX PRENDRE UN MODÈLE PLUS JOLI...

- Pièces des gradés

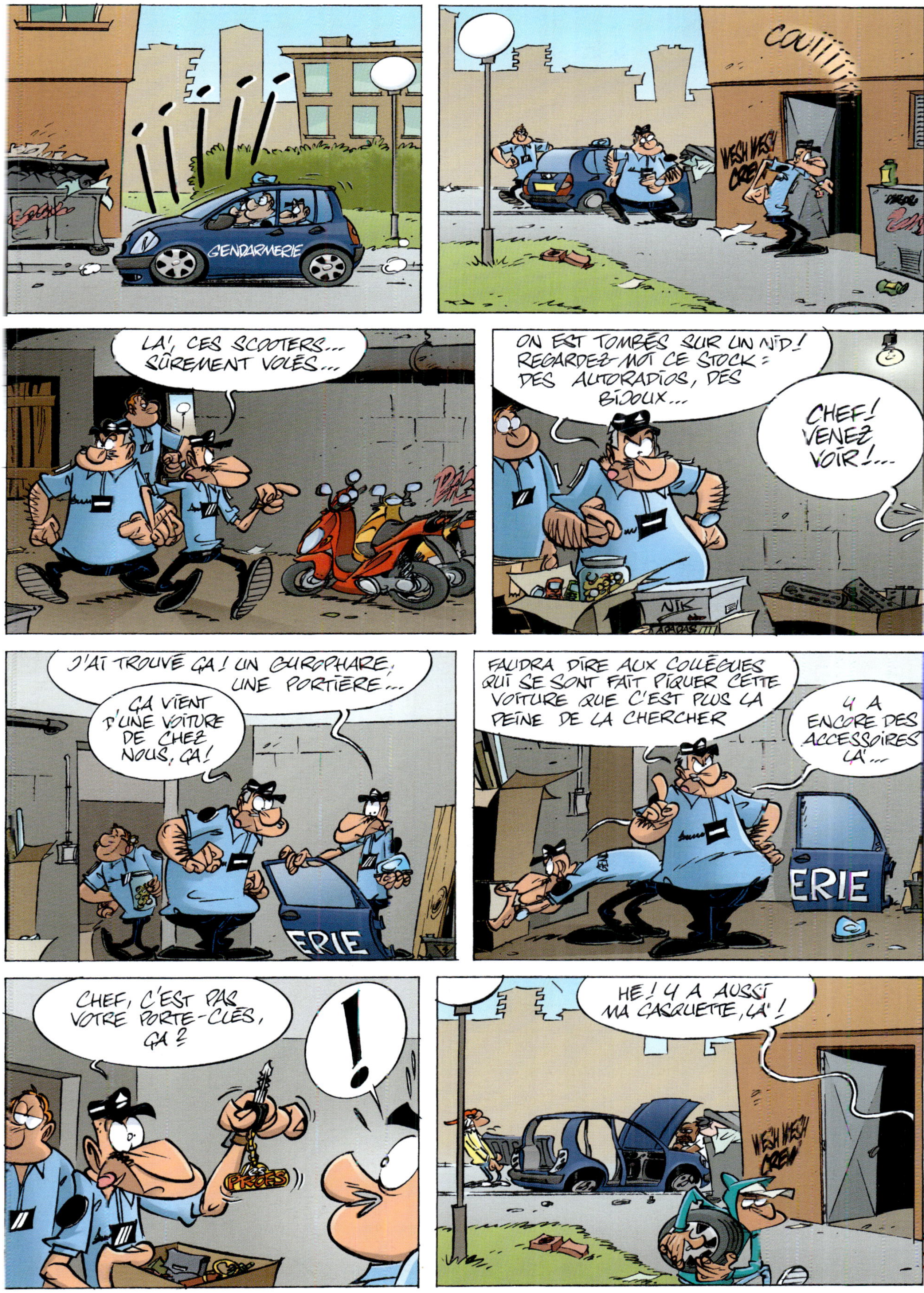

BOM
BOM
BOM
FAUT QUE JE SORTE!
SNIF
SNIF
TEUH!... TEUH!... C'EST INTENABLE! THEU!...
BOM
HHHHHH
C'EST PAS HUMAIN, CES TESTS...
C'EST LA RÈGLE! CHEZ LES MOBILES, À LA FIN DE LEUR FORMATION, ILS PASSENT LE TEST DE RÉSISTANCE AUX BOMBES LACRYMOGÈNES... MAIS, C'EST BIEN PARCE QU'IL A INSISTÉ, QUE J'AI LAISSÉ J.P. Y PARTICIPER!
C'EST QUAND MÊME SUPER COSTAUD, COMME LACRYMO!
C'EST LÀ QUE JE NE COMPRENDS PAS...
... ON NE LES A PAS ENCORE ENVOYÉES, LES LACRYMOS!
PROUUU
PROUT PROUT
PROOAAA
PROOOOOOOO

- Aveu rien dire

- Chope un... shopping

- Feu de joie

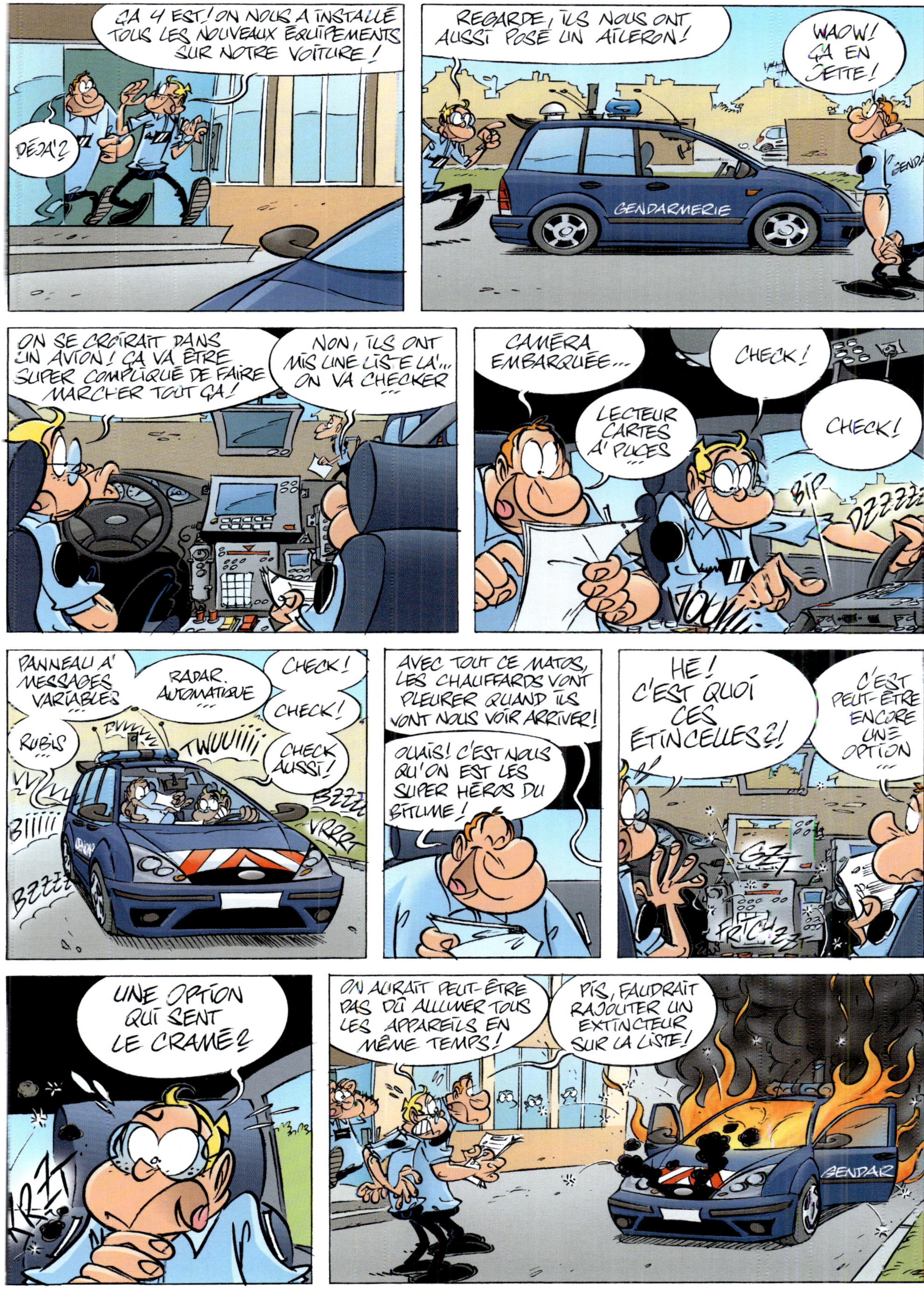
ÇA Y EST ! ON NOUS A INSTALLÉ TOUS LES NOUVEAUX ÉQUIPEMENTS SUR NOTRE VOITURE !
DÉJÀ ?
REGARDE, ILS NOUS ONT AUSSI POSÉ UN AILERON !
WAOW ! ÇA EN JETTE !
GENDARMERIE
ON SE CROIRAIT DANS UN AVION ! ÇA VA ÊTRE SUPER COMPLIQUÉ DE FAIRE MARCHER TOUT ÇA !
NON, ILS ONT MIS UNE LISTE LÀ... ON VA CHECKER...
CAMÉRA EMBARQUÉE...
CHECK !
LECTEUR CARTES À PUCES...
CHECK !
BIP
DZZZZ
TOUK
PANNEAU À MESSAGES VARIABLES...
RADAR AUTOMATIQUE...
CHECK !
CHECK !
RUBIS...
CHECK AUSSI !
TWUUIIII
BIIIII
BZZZ
VRRRR
AVEC TOUT CE MATOS, LES CHAUFFARDS VONT PLEURER QUAND ILS VONT NOUS VOIR ARRIVER !
OUAIS ! C'EST NOUS QU'ON EST LES SUPER HÉROS DU BITUME !
HÉ ! C'EST QUOI CES ÉTINCELLES ?!
C'EST PEUT-ÊTRE ENCORE UNE OPTION...
GZZ
FRICHZZ
UNE OPTION QUI SENT LE CRAMÉ ?
KRZZ
ON AURAIT PEUT-ÊTRE PAS DÛ ALLUMER TOUS LES APPAREILS EN MÊME TEMPS !
PIS, FAUDRAIT RAJOUTER UN EXTINCTEUR SUR LA LISTE !
GENDAR

IL A LAISSÉ UNE LETTRE : IL S'EST SUICIDÉ PARCE QU'IL ÉTAIT UN ARTISTE RATÉ...
IL N'ÉTAIT PAS SI MAUVAIS QUE ÇA FINALEMENT...
SUFFISAIT QU'IL SE CREUSE UN PEU LA TÊTE...

- Expert en fils

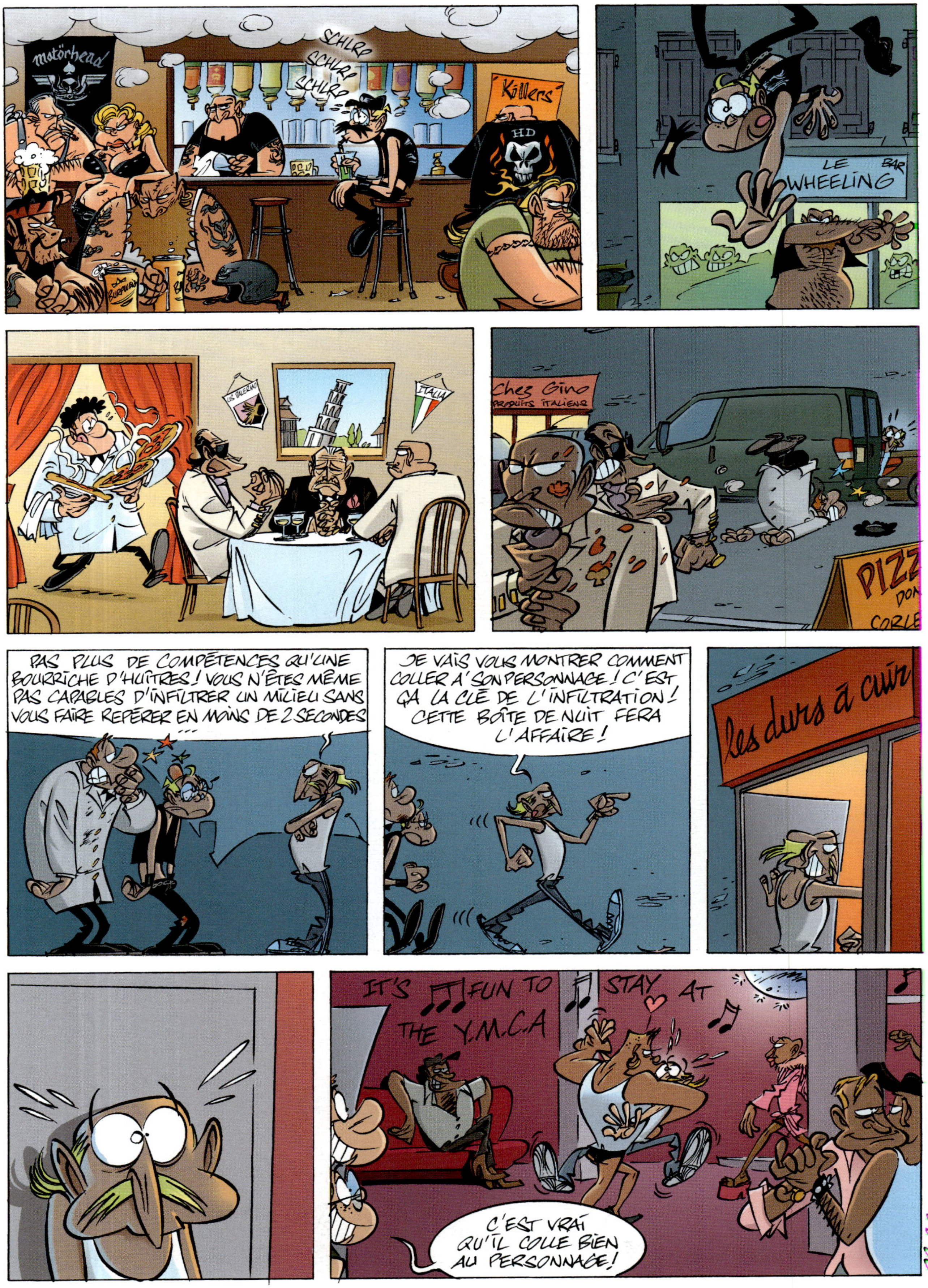
SCHLRP
SCHLRP
SCHLRP
motörhead
Killers
LE BAR WHEELING
Chez Gino
PRODUITS ITALIENS
ITALIA
PAS PLUS DE COMPÉTENCES QU'UNE BOURRICHE D'HUÎTRES ! VOUS N'ÊTES MÊME PAS CAPABLES D'INFILTRER UN MILIEU SANS VOUS FAIRE REPÉRER EN MOINS DE 2 SECONDES ...
JE VAIS VOUS MONTRER COMMENT COLLER À SON PERSONNAGE ! C'EST ÇA LA CLÉ DE L'INFILTRATION ! CETTE BOÎTE DE NUIT FERA L'AFFAIRE !
les durs à cuir
IT'S FUN TO STAY AT THE Y.M.C.A
C'EST VRAI QU'IL COLLE BIEN AU PERSONNAGE !

DING DAINGUE DONG
DÉSOLÉ DE VOUS DÉRANGER, MADAME LA MINISTRE... J'AURAIS SOUHAITÉ PARLER À MONSIEUR LE MINISTRE !
NOUS AVONS RÉCUPÉRÉ, APRÈS UNE DESCENTE CHEZ UN RECELEUR, DES OBJETS APPARTENANT À VOTRE MARI !
?
AH BON ? ÇA M'ÉTONNERAIT, ON NE NOUS A RIEN VOLÉ ICI !...
APPAREMMENT, ÇA DATE DU CAMBRIOLAGE DANS VOS BUREAUX, LE MOIS DERNIER...
ON A ESSAYÉ DE VOUS APPELER, MAIS COMME ÇA NE RÉPONDAIT PAS, ON A DÉCIDÉ DE VOUS LES APPORTER EN MAINS PROPRES...
JE NE VOIS PAS DU TOUT DE QUOI IL PEUT S'AGIR !
Y AVAIT VOTRE ADRESSE DESSUS !
C'EST QUOI ? CETTE MALLE, LÀ ? JE VOUS ASSURE QU'ELLE N'EST PAS À MOI !
AH NON, LA MALLE EST À NOUS...
C'EST CE QU'IL Y A DEDANS QUI EST À VOUS !
SCHLAF
SCHLAF
Y A MÊME UNE ÉTIQUETTE AVEC MARQUÉ "NICOLAS" DESSUS !

- Cric de rage

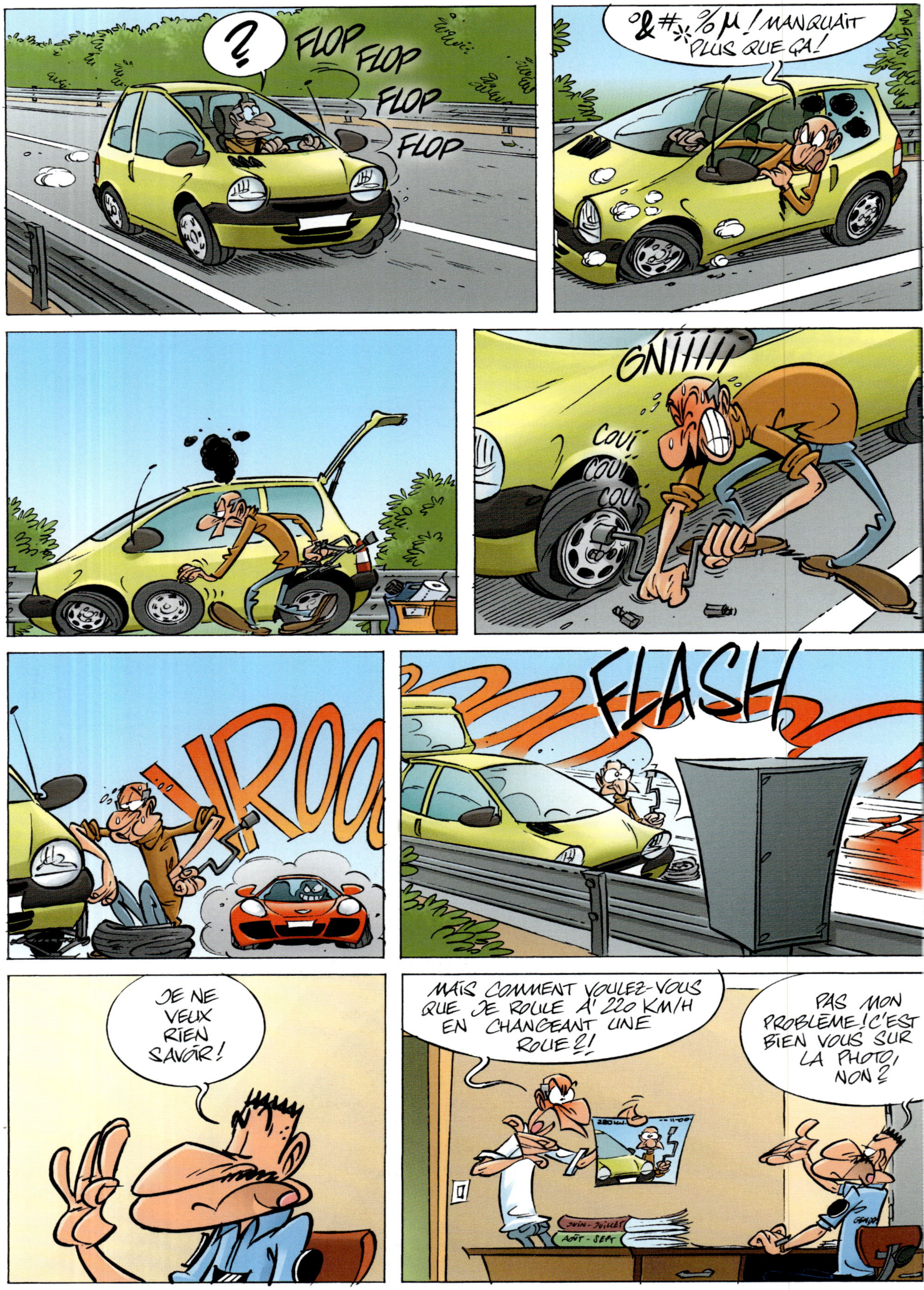
?
FLOP FLOP FLOP FLOP
°&#*%µ ! MANQUAIT PLUS QUE ÇA !
GNI!!!!!
COUI COUI COUI
VROO
FLASH
JE NE VEUX RIEN SAVOIR !
MAIS COMMENT VOULEZ-VOUS QUE JE ROULE À 220 KM/H EN CHANGEANT UNE ROUE ?!
PAS MON PROBLÈME ! C'EST BIEN VOUS SUR LA PHOTO, NON ?

www.bamboo.fr

116, rue des Jonchères - BP 3
71012 CHARNAY-lès-MACON cedex
Tél. : 03 85 34 99 09 - fax : 03 85 34 47 55
Site Web : www.bamboo.fr
E.mail : bamboo@bamboo.fr

PREMIÈRE ÉDITION
Dépôt légal : octobre 2006
ISBN 2-35078-105-4

Imprimé en France
Printed in France

À découvrir aux éditions BAMBOO

LES PROFS - 9 tomes

5 - CHUTE DES COURS
6 - CLASSE TOURISTE
7 - MISE EN EXAMEN
8 - FENÊTRE SUR COURS
9 - RYTHME SCOLAIRE

Pica & Erroc

LES POMPIERS - 5 tomes

Tome 1 : DES GARS DES EAUX
Tome 2 : HOMMES AU FOYER
Tome 3 : LE FEU DE L'AMOUR
Tome 4 : POTES AU FEU
Tome 5 : HOMMES DES CASERNES

Stédo
Cazenove

LES FONCTIONNAIRES - 7 tomes

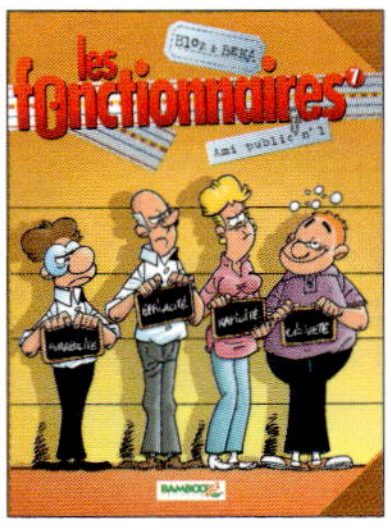

5 - CORRUPTION DE FONCTIONNAIRES
6 - EMPLOYÉS DES TAS
7 - AMI PUBLIC N°1

Bloz & Béka

LES TOUBIBS - 4 tomes

Tome 1 : C'EST GRAVE, DOCTEUR ?
Tome 2 : AU SUIVANT !
Tome 3 : BONS RÉFLEXES
Tome 4 : SUR LES DENTS !

Bélom
Gégé
Sirvent

LES ASSUREURS - 2 tomes

Tome 1
Tome 2

Jenfèvre
Sulpice

LES COMMERCIAUX - 4 tomes

1 - FARCE DE VENTE
2 - LES DESSOUS DE LA VENTE
3 - SÉVICES APRÈS-VENTE
4 - LE BON, LA BRUTE ET LE CLIENT

Radôche
Plumeri
Boitelle

L'AUTO ÉCOLE - 4 tomes

Tome 1 : PERMIS D'ÉCONDUIRE
Tome 2 : CONDUITE ACCOMPAGNÉE
Tome 3 : ZÉRO DE CONDUITE
Tome 4 : FORMATION ACCÉLÉRÉE

Cazenove
Amouriq

LES POSTIERS

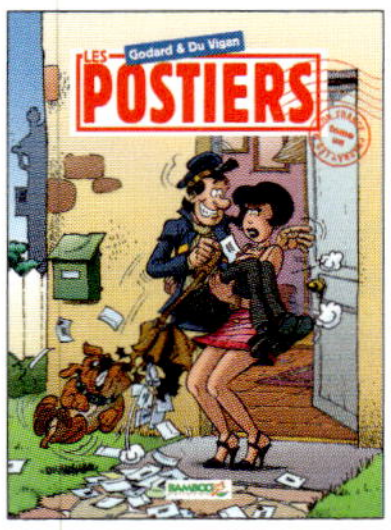

Tome 1

Godard
Du Vigan

LES INFORMATICIENS

Tome 1

Reynès
Brrémaud
Toulon

PLANS DE CARRIÈRE

Tome 1 : ADO, BOULOT, BOBO

Erroc
Yannick

BASKET DUNK - 3 tomes

Tome 1
Tome 2
Tome 3

Cazenove
Plumeri
Mauricet

LES FOOT MANIACS - 4 tomes

Tome 1
Tome 2
Tome 3
Tome 4

Jenfèvre
Sulpice
Jack
Béka
Saive

LES VÉLOMANIACS - 2 tomes

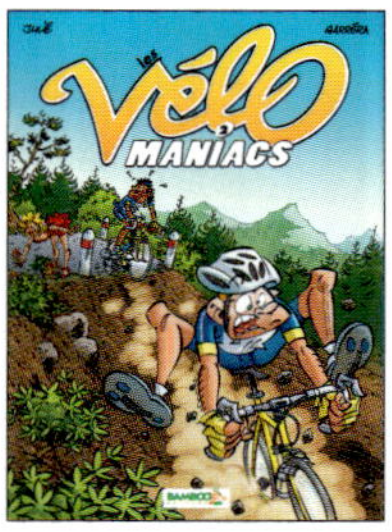

Tome 1
Tome 2

Julié
Garréra

LES RUGBYMEN - 4 tomes

1 - ON VA LEUR METTRE LES POINGS SUR LES YEUX
2 - SI ON GAGNE PAS, ON A PERDU !
3 - ON N'EST PAS VENUS POUR ÊTRE LÀ !
4 - DIMANCHE PROCHAIN, ON JOUERA SAMEDI !

Béka
Poupard

LES TENNISMEN

Tome 1

Brrémaud
Reynès
Bertolucci

LES PÉTANQUEURS - 2 tomes

Tome 1 : FAN DE CHICHOURLE !
Tome 2 : OH, PEUCHÈRE !

Cazenove
Ridel

CASTING PROD' - 2 tomes

Tome 1 : PERTE D'AUDITION
Tome 2 : TELLE EST RÉALITÉ

Cazenove
Bloz

LES RIPOUPONS - 5 tomes

1 - TOUCHE PAS À MON DOUDOU
2 - ON REMET UNE COUCHE !
3 - MÊME PAS PEUR !
4 - POTS, POTINS
5 - CHAPEAU BAS

Gégé & Bélom

LES DAMNÉS DE LA ROUTE - 6 tomes

1 - ON ACHÈVE BIEN LES 2 CV
2 - L'HOMME QUI MURMURAIT À L'OREILLE DES 2 CV
3 - LES 2 CV SE CACHENT POUR MOURIR
4 - VOL AU DESSUS D'UN NID DE 2 CV
5 - SEA, SEX AND DEUCHE !
6 - UNE 2 CV NOMMÉE DÉSIR !

Achdé, Rodrigue & Richez

LES CAMPEURS

Tome 1 : BELLE DES CAMPS

Maltaite
Swinnen
Dugomier